Manuel Filho

O NAVIO ENCANTADO

e outros contos horripilantes do Brasil

NOVA ALEXANDRIA

Aos meus queridos amigos
Antônio e Eliandro,
com quem já segui tantos caminhos.

Manuel Filho

O NAVIO ENCANTADO

e outros contos horripilantes do Brasil

Ilustrações
Maurício Mallet

NOVALEXANDRIA

São Paulo - 1ª edição - 2019

Editora Nova Alexandria Ltda.
Rua Engº Sampaio Coelho, 111
CEP 04261-080 São Paulo - SP
Fone/fax: (11) 2215-6252
E-mail: novaalexandria@novaalexandria.com.br
Site: www.novaalexandria.com.br

Ilustrações: Maurício Mallet
Revisão: Augusto Rodrigues

Capa, Projeto Gráfico e Editoração Eletrônica: Maurício Mallet

DADOS PARA CATALOGAÇÃO NA FONTE (CIP)

Filho, Manuel (1968 -)

O navio encantado e outros contos horripilantes do Brasil / Manuel Filho; ilustrações de Maurício Mallet - São Paulo: Nova Alexandria, 2019.

92 p. : il.

ISBN: 978-85-7492-473-1

1. Literatura folclórica. 2. Folclore : contos tradicionais.

3. Contos populares brasileiros.

CDD: 398
CDU: 398.2

Índice para catalogação sistemático
027- Bibliotecas gerais
028 - Leitura. Meios de difusão da informação

SUMÁRIO

APRESENTAÇÃO

Manuel Filho, premiado escritor de livros para crianças e, principalmente, para jovens, segue, nesta inspirada coletânea de lendas brasileiras, a trilha do sobrenatural. E ele nos convida para uma jornada em que são necessárias uma pitada de coragem e mais outra de curiosidade. Ainda que sintamos medo, não resistimos quando ouvimos, de um mestre ou mestra da narração oral, geralmente à noite, uma dessas narrativas de gelar a espinha e afugentar o sono. E esse fascínio, maior ainda que o medo, não é exclusividade nossa. Todos os povos da Terra, em maior ou menor grau, conservam um vasto repertório de contos e lendas surgidos em tempos que longe vão ou inspirados em fatos recentes, elaborados e reelaborados na fina artesania da memória coletiva.

O navio encantado, narrativa do norte do país, lembra a célebre lenda do Holandês voador, embarcação fantasma, comandada pelo capitão Hendrik van der Decken, que, numa viagem realizada em 1641, deixou-se contaminar pela ganância, cometendo as maiores atrocidades. O tema inspirou a primeira ópera de Richard Wagner. Embarcações fantasmas navegam rios e mares de muitos países. O gaiola encantado do rio São Francisco, por exemplo, que transporta as almas dos que se afogaram, remete à barca de Caronte, na mitologia grega. **O solar do ferreiro torto** e **A moça e seu anel de brilhantes** são histórias de fantasmas habilmente adaptadas pelo autor para os dias atuais.

O **Arranca-língua** e **O cervo dourado do Caverá** pertencem ao ciclo das criaturas fantásticas. O primeiro, figurado em uma espécie de símio monstruoso, baseia-se num fato verdadeiro que ocorreu em Goiás, nos idos de 1937: um macaco de cerca de três metros atacava rebanhos bovinos, arrancando-lhe a língua. A aparência do monstro, um gorila enorme, deve-se à influência do filme *King Kong*, de 1933, de enorme sucesso. Descobriu-se depois que a causa era uma peste aftosa que corroía o tecido da língua do gado. Mas isso pouco importava: o mito prevaleceu. O cervo dourado, da história gaúcha, animal mítico da tradição ameríndia, poderia, pelo seu aspecto exterior, figurar em contos de fadas. Mas parece tratar-se de uma representação de Anhanga, visagem, fantasma, que levava à loucura quem o encarasse nas florestas durante as noites assombradas do Brasil interiorano. Ponto para Manuel filho, que, atualizando as velhas lendas, nos encanta, escrevendo como quem conta histórias ao redor do fogo.

Marco Haurélio

UMA PALAVRA AO LEITOR

Você acredita em fantasmas? E em assombração? Muita gente não acredita, mas as histórias de monstros e personagens assombrados são as preferidas de muitos! Geralmente essas histórias são contadas por pessoas simples, gente da terra, que ouviu o caso de seus antepassados, que, por sua vez, ouviram de pessoas ainda mais antigas, e que juram que o acontecido aconteceu de verdade! São narrativas sempre cheias de aventura, mistério, suspense, fantasia e uma pitada de terror.

Antigamente, naquela época em que não havia TV, videogame ou internet para preencher as noites vazias com entretenimento para toda a família, era nas histórias contadas e ouvidas que residia o prazer em estar com os outros, partilhar emoções e fazer parte de uma mesma sociedade.

Contar histórias não era um hábito realizado somente à noite, em volta do fogo, nas aldeias ou no sertão, ou nos saraus realizados na corte. Contar histórias era uma prática comum também dentro das casas: na mesa da sala de jantar, na sala de visitas, junto à lareira; na copa e na cozinha; à beira da cama, na hora de dormir. Também era comum nas ruas, nas esquinas, nos botecos; na roça, no mercado, na senzala; nos intermináveis trajetos realizados a pé ou no lombo de cavalos; nas rodas de meninos e de moças, na praça da cidade.

Contavam-se histórias em todo lugar.

Essa prática de contar histórias vem de um tempo ainda mais distante, quando não existia a escrita para registrá-las, e os relatos orais, para não serem perdidos ou esquecidos, eram passados de geração a geração. Foi assim, por meio da oralidade, que algumas histórias chegaram e continuam chegando até nós, nos dias de hoje, mesmo com toda a tecnologia que existe.

E foi ouvindo algumas dessas histórias que Manuel Filho resolveu transcrevê-las, para que mais e mais pessoas pudessem conhecer um pouco do que se conta por aí, nos diversos cantos deste imenso Brasil.

Neste livro, você vai viajar pelas cinco regiões brasileiras por meio de histórias contadas pela gente de cada lugar. Vamos conhecer um navio encantado que flutua nas águas tranquilas de um rio paraense, procurar um cervo dourado sob a cerração dos campos do Sul, apreciar um anel de brilhantes à beira do Rio Paraitinga, percorrer o interior do Planalto Central em busca do malfeitor que fere animais indefesos, e visitar um solar nordestino, palco de uma triste história de amor.

Vamos conhecer ainda a lenda por trás de cada história. São narrativas que contam como o sobrenatural se perpetua na memória do povo e altera o curso da vida de pessoas comuns, como João, Luiz, Roberto, Augusto e Rafaela... Pessoas comuns, como você e eu.

Que tal então parar com essa conversa fiada e começar logo a leitura? Já sinto um arrepio na nuca só de pensar...

Laís de Almeida Cardoso

Região
Norte

O Navio Encantado

Para alguns, o rio Meruú-Açu, que corre em meio ao vasto estado do Pará, é fonte de sobrevivência de onde se tira o peixe do dia a dia e também caminho pelo qual se transportam pessoas e alimentos; um local cheio de vida. Porém, para João Ambrósio, ele é a lembrança de uma grande tragédia: o desaparecimento de seu pai, Francisco. Ao longo dos anos, sucederam-se acidentes no rio, mas em poucos não foi possível recuperar os corpos das vítimas.

Tudo aconteceu de maneira bastante inesperada. Um tio do rapaz encontrava-se doente e precisava de ajuda para ir ao médico na cidade de Abaetetuba. Como era urgente, o pai de João não hesitou em socorrer o irmão. Chamou um amigo pescador, Olinto, experiente naquelas águas, e foram em busca do enfermo, que vivia afastado em uma pequena casa na floresta. Era noite de lua cheia, e o rio estava tranquilo, iluminado.

A noite transcorreu e todos aguardavam ansiosos por notícias que, mesmo sendo diferentes das que esperavam, não demoraram a chegar.

Tão logo amanheceu, encontraram Olinto desacordado à beira do rio. No posto médico, ele acabou despertando, mas, mesmo assim, não conseguia dizer uma única palavra, estava em choque. Aquela situação apenas aumentou a expectativa das pessoas. Imediatamente saíram em busca de Francisco, mas não conseguiram encontrar qualquer pista, nem dele ou da canoa.

João ficou desesperado. Seu pai era seu grande amigo, fora com ele que o jovem havia aprendido a amar o rio, conhecer os peixes e identificar os pássaros pelo canto. Não conseguia imaginar um mundo em que não pudesse conviver com a alegria ou apenas ouvir a voz de seu pai. Assim, transcorrido mais de um mês da tragédia, João permanecia navegando solitário pelo rio atrás de qualquer pista. Experiente como era, talvez Francisco estivesse ferido em alguma das ilhotas do rio, precisando de ajuda. Não encontrar o corpo, para João, era um sinal de que ele poderia estar vivo.

Porém, essa esperança logo terminou. Olinto, finalmente, pôde descrever o que tinha acontecido. Certo dia, em sua casa, cercado pelos cuidados da esposa e dos filhos pequenos, o homem narrou os fatos daquela noite.

– É difícil de acreditar - disse ele. – Até agora, não sei direito como tudo se passou, foi muito rápido... De repente, apareceu um navio brilhante.

– Navio? - espantou-se a mãe de João.

João ficou incomodado com a interrupção. Ele queria que o homem falasse tudo de uma vez só.

– A noite estava tranquila, clara - prosseguiu Olinto. – Não tinha sinal de chuva, mas, do nada, um vento começou a soprar. Reparei que as árvores balançavam e o rio ficou agitado. Tivemos que fazer força para não virar. Daí...

– O quê? - interrompeu a mulher. – Fale logo!

– Apareceu um navio brilhante atrás da gente. Ele tinha umas velas bem grandes, todas abertas. O vento batia nelas empurrando o barco direto na nossa direção. Eu tentei remar, juro, mas ele era muito ligeiro, não deu para desviar...

João nunca esperou ver aquele experiente pescador tremer, mas o homem parecia aterrorizado. Interrompeu a história por um tempo e, quando a retomou, o jovem teve muita dificuldade em crer nela. Olinto relatou que a visão do navio era impressionante: a madeira do casco, os canhões, as pequenas janelas e as cordas, diversas delas. Ele se lembrava de ter sido atingido por um galho de árvore e acabou sendo atirado ao rio. Francisco permaneceu na canoa lutando para desviar.

Quando conseguiu retornar à superfície, Olinto assistiu ao navio iluminado passar por cima da canoa e desaparecer, fazendo um barulho impressionante, como se tivesse sido sugado pelo rio. Depois, tudo se acalmou, o vento cessou e as águas voltaram a correr tranquilamente.

– Deve ter ficado um destroço da canoa. Não pode ter sumido desse jeito. - falou João.

– Eu olhei, gritei, procurei, nadei... - disse Olinto. – Fiz tudo o que eu podia, meu filho - João percebeu que o homem se sentia culpado por não ter conseguido salvar Francisco. – O pior foi que...

– O quê? - perguntou João.

– As vozes, os gemidos, os gritos.. - prosseguiu Olinto.

– Tinha mais alguém no rio? - perguntou João.

O pescador olhou para sua esposa e comentou:

– Lembra, Tereza, do finado Matheus? Aquele que desapareceu no rio no dia do nosso casamento e que ninguém nunca mais achou? Eu vi ele... naquela noite... no barco - a mulher tentava acalmá-lo. – Tenho certeza que era ele. Consegui ver que tinha muita gente dentro daquele navio, gritando. Matheus olhou direto para mim. Parecia estar sofrendo muito, pediu ajuda, mas eu não podia, não ia conseguir fazer nada. Ele brilhava, exatamente como o barco.

Depois disso, Olinto chorou. Fomos embora para deixá-lo descansar. João ficou insatisfeito, pois nada do que ouvira lhe dera qualquer pista para continuar procurando pelo pai. No caminho de volta, sua mãe permanecia em silêncio.

– A senhora acreditou naquela história, mãe? - perguntou ele.

– Filho, o que vou dizer é muito duro, difícil, mas você precisa parar de procurar pelo seu pai. Não quero que você vá mais para aqueles lados.

João estranhou, não esperava ouvir aquilo. Por várias vezes, o jovem havia refeito o trajeto, no mesmo horário que seu pai, para localizar pistas e não avistou nada de especial. Ele esperava, inclusive, pela próxima lua cheia, pois a floresta estaria iluminada e, talvez, revelasse algo que tivesse sido ignorado das outras vezes.

– Mãe, não posso fazer isso. Papai pode estar precisando de ajuda.

– Já me contaram que o velho Matheus tinha sido levado pelo Navio Encantado. Quando ele desapareceu, teu pai fez o que você está fazendo, saiu procurando... Eles eram muito amigos. Sua avó, que acreditava muito nas histórias do rio, tanto brigou que seu pai desistiu e nunca mais se falou sobre isso em casa.

– Isso é coisa que o povo conta, mãe. Nunca ouvi falar disso antes.

– É melhor parar de procurar. Dizem que ele carrega as almas de quem morre no rio, ficam presas para sempre dentro dele, é uma viagem sem fim, triste. Tem até um caso antigo, que contam que uma moça muito bonita se jogou no rio para acompanhar o noivo, que tinha sido levado pelo navio. Dizem que até hoje ela continua tentando embarcar - a mãe se calou em seguida, não queria chorar na frente do filho. – João, já vivi o suficiente para saber que se seu pai não apareceu até hoje, acho que ele nunca mais vai voltar.

João, porém, não queria sossegar, pois sabia de casos de pessoas que haviam ficado perdidas na floresta por meses seguidos e conseguiram sobreviver.

O rapaz aguardou pela próxima lua cheia. Em noites assim, sua mãe ficava atenta e nervosa. Acendia uma vela, juntava-se com suas duas outras filhas, fazia uma oração e jogava flores no rio. Também prestava mais atenção no filho, que, de fato, havia diminuído suas buscas solitárias ao longo do dia. Porém, João permanecia inquieto, como sempre. A cada dia que deixava de ir atrás do pai, se sentia culpado.

Então, naquela noite, João disse que voltaria às aulas, o que provocou grande alegria em sua casa. Pegou um caderno e saiu caminhando para o curso noturno. Porém, tão logo deixou a vizinhança e os olhares atentos das amigas de sua mãe, dirigiu-se para o rio, onde sua canoa o aguardava.

Remou devagar, observando cada um dos cantos iluminados pela luz da lua. Tudo estava tranquilo e, aos poucos, deixou de ver a iluminação da vila. Guiava-se calmamente pelas árvores e margens que conhecia tão bem. O silêncio era sempre interrompido pelos sons dos seres de hábitos noturnos, mas nada daquilo era capaz de incomodar o rapaz.

Porém, algo inusitado lhe chamou a atenção.

Ouviu um estrondo, como se algo tivesse caído ou mergulhado no rio. Ficou atento, receoso de que pudesse ser algum animal preparando um ataque. Ao longe, notou que algo se movia na correnteza. Não vinha em sua direção, mas se deslocava de forma constante, organizada, parecia... uma pessoa nadando.

"Não pode ser", pensou ele. "Ninguém viria nadar sozinho neste lugar, a esta hora".

Curioso e, até porque o ser se movia no mesmo sentido dele, João passou a remar em sua direção. Quanto mais se aproximava, mais tinha a certeza de que se tratava de uma pessoa. Logo, aquilo deixou de ser uma impressão. Era uma mulher que nadava e seu vestido flutuava nas águas. Ao percebê-la, João remou com ainda maior intensidade, pois achou que ela poderia ter problemas, o rio, ali, se tornava cada vez mais profundo.

– Ei! Ei, você! - gritou ele.

Ela não respondeu, mas, de repente, parou de nadar. Alguma coisa acontecia. Um vento repentino surgiu, as árvores balançavam e as águas batiam com força na canoa, que se afastava da mulher. O rapaz desconfiou que, se pulasse no rio, ainda teria tempo e forças para puxá-la até a margem ou à ilha da Pacoca, que estava muito próxima deles. Ela não se movia, talvez estivesse presa em alguma coisa.

Sem pensar mais, João atirou-se no rio. Não foi difícil alcançá-la, pois ela simplesmente não se movia.

Quando, finalmente, se aproximou, viu que se tratava de uma moça, de longos cabelos, e que sua fisionomia estava bastante tranquila.

– Você está bem? - ela olhou para ele e não respondeu. – Vamos sair daqui - disse João. – É perigoso, o vento está aumentando.

Ao tentar tocá-la, o rapaz levou um susto, não conseguiu segurá-la e, quando ela se voltou para ele, o rosto dela tinha se transformado completamente. Encontrava-se ressequido, os lábios roxos, parecia uma pessoa... morta.

De repente, uma forte luz apareceu. João não entendeu, pois era incomum que viessem barcos por ali, naquela hora, a não ser que sua mãe já tivesse percebido sua ausência e mandado alguém à sua procura, mas, mesmo assim, não havia luz tão poderosa como aquela que ele via.

Então, quando observou com mais cuidado, espantou-se. Formava-se uma silhueta de um enorme barco cheio de velas. Não havia vento suficiente, mas ele navegava com rapidez. João sentiu um calafrio.

Olhou para lado à procura da moça, mas ela havia desaparecido. Ele estava sozinho. Tentou localizar sua canoa e percebeu que ela havia se enroscado na margem, mas estava prestes a se soltar novamente com a força das águas. Tratou de nadar em direção a ela.

Ouviu o som de gritos, choros, como se alguém estivesse desesperado. Era algo que cortava a alma provocando uma tristeza profunda. As vozes pareciam pedir por socorro, aflitas e ficavam, a cada momento, mais audíveis. E, assim, ele distinguiu claramente a voz amável de seu pai. Foi um choque. Dentre todas as vozes que ouvia, chegava-lhe claramente um lamento de seu Francisco. Não era sofrido como as outras vozes, mas causava em João um impacto muito maior, uma vez que era exatamente por aquilo que ele buscara durante tanto tempo: uma pista de seu pai.

Parou de nadar e se virou. O navio estava perigosamente próximo, tão perto que ele começou a distinguir o rosto das pessoas. Havia crianças, idosos, mulheres e vários homens, jovens como ele. Imediatamente reconheceu a moça, agora iluminada, que, até pouco tempo atrás, estava ao seu lado. Ela sorria a bordo, enquanto abraçava um rapaz.

"É ela", pensou ele, lembrando-se de sua mãe. "A moça que queria embarcar! Ela conseguiu."

Agora o navio estava ao seu lado, as águas, agitadas. João olhou para o alto e viu claramente o rosto de seu pai. Ele estava iluminado, como os demais, e também entristecido, parecia tentar dizer alguma coisa para o filho, mas João não conseguia entender.

–Pai! Pai! - gritou o rapaz, buscando compreender o que acontecia e, ao mesmo tempo, um meio de tirá-lo de lá. – Pule na água!

A tristeza do velho pescador aumentava, sua voz se confundia com o desespero dos outros, já não era possível ouvir com clareza, mas, de alguma maneira, João entendeu algo na saudosa voz de seu pai.

– Desculpe, filho.

E, então, uma corda brilhante se enroscou no corpo de João e tudo se apagou, para sempre.

Região
Nordeste

O Solar do Ferreiro Torto

O Solar do Ferreiro Torto causava calafrios em Meirinha. Desde criança, escutava as histórias ligadas ao local e sempre se esforçava para ficar longe dele. Mesmo que ali não existissem fantasmas, como algumas pessoas costumavam dizer, o que tinha acontecido ali era triste.

Porém, ela não conseguia seguir suas próprias recomendações. Tanto medo acabou se tornando curiosidade e ela visitou o Solar várias vezes. Voltava dizendo que tinha sentido calafrios e que jamais retornaria. No entanto, bastava chegar alguém em sua casa, que ela se oferecia para levar a pessoa até o lugar e contar a lenda com riqueza de detalhes.

Quando seu primo Augusto chegou para uma curta temporada em sua casa, ela não teve dúvida:

– Quer visitar o Solar?

O jovem, que vinha de outro estado, estava curioso para conhecer coisas novas e logo aceitou o convite.

Foram para o Solar, onde encontraram turistas passeando e tirando fotos. Era uma construção bastante antiga, com seis grandes janelas na fachada térrea e outras três na superior, e se tratava do segundo engenho de cana erguido no Rio Grande do Norte, ali mesmo na pequena Macaíba. Conta-se que o senhor do engenho era extremamente cruel e infligia castigos inimagináveis aos seus escravos.

– Augusto, espera um pouquinho que preciso ir no banheiro, mas já volto - disse Meirinha para o primo.

O rapaz fotografou o sobrado e entrou. Interessou-se pelos objetos dispostos, em sua maioria oriundos da escravidão, como moendas, correntes, pilões e grandes tachos. Também se encontravam ali grandes rodas de carro de boi.

Como a prima demorava, ele prosseguiu observando. Ele aguardava ansioso para escutar as histórias do local. A fama de contadora da prima já era famosa entre toda a família.

Então, ele entrou em uma sala vazia e viu um grande baú semiaberto. Ao lado dele, uma cadeira de palha. Curioso para verificar o interior da velha arca, se aproximou. Porém, antes que completasse o seu intento, ouviu uma voz.

– Você!

O rapaz pensou que fosse uma bronca por se aproximar daquela relíquia, e disse:

– Desculpe, eu não ia tocar em nada.

Era uma moça muito bonita que conversava com ele. Cabelos longos, pele bem clara e um belo sorriso.

Usava um vestido que ia até o chão e um laço pendia de sua cintura. Augusto achou que fosse alguma atriz contratada para ser guia no casarão.

– Esqueceram o baú aberto! É melhor que fique fechado.

– Ele é seu? - perguntou Augusto.

– Não. Meu pai não pode pegar a... Feche, por favor!

Por que a garota não fechava ela mesma o baú?, pensou Augusto. De qualquer forma, não custava nada, e ele resolveu fazer aquela gentileza. Aproximou-se e abaixou a tampa. A moça sorriu lhe agradecendo e, nesse exato momento, ele ouviu a voz de Meirinha, que o procurava.

– Vou chamar minha prima e já volto - disse ele.

Ao sair no corredor, encontrou a prima, que o chamava baixinho em cada sala que entrava.

– Ah, aí está você.

– Resolvi dar uma voltinha pelo museu - disse ele.

– Tinha fila no banheiro, para variar. Mas, agora, vamos começar o passeio. Vou te contar tudo o que eu sei que aconteceu neste lugar.

– Acabei de conversar com uma moça que trabalha aqui.

– Moça? - estranhou Meirinha. – Não tem nenhuma moça que trabalha aqui. Eu conheço todo mundo.

– É que ela estava usando uma roupa diferente, achei que...

– Como que era essa roupa?

Augusto descreveu a moça exatamente como se lembrava e Meirinha o encarou com desconfiança.

– Você quer que eu acredite nisso? - disse ela. – Aposto que te mandaram me assustar. Até já sei quem foi. Quando a gente voltar vou ter uma conversa com uma certa tia nossa.

– Não, ninguém me falou nada. Estou te dizendo o que aconteceu. Acabei de conhecer uma moça, ali, dentro daquela sala que tem o baú.

– Baú?

– É. - respondeu Augusto. – Vamos lá que eu te mostro.

Desconfiada de que tudo fosse uma brincadeira, mas também receosa, Meirinha resolveu acompanhar o primo até a sala. Entraram e, para a surpresa do rapaz, não havia ninguém dentro dela.

– Ué, ela estava aqui agora mesmo. Até me pediu para fechar o baú.

– E você fechou? - perguntou Meirinha.

– Sim, olha só - então, ele reparou com cuidado e viu que o baú estava aberto. – Ué, que coisa estranha, tenho certeza que abaixei a tampa.

– Augusto, fala a verdade. Você não está fazendo isso para me provocar, não é?

– Claro que não, por que eu iria inventar isso? Conversei com a moça e ela estava exatamente aí onde você está pisando.

Aquilo bastou para Meirinha. Ela pegou na mão do primo e tratou de sair o mais rápido que pôde do sobrado. Correram por entre os turistas sem que Augusto tivesse a menor chance de pedir uma explicação. Quando se aproximaram da estátua de um escravo, que ficava no meio do jardim diante do casarão, Augusto conseguiu interromper a prima.

– Meirinha, calma. O que foi que aconteceu?

– Primo - disse ela. – Acho que você viu uma coisa horrível.

– O que foi que eu vi?

– Um fantasma!

Ele riu e disse:

– Fantasma? Você está louca.

– Não, não estou. Essa garota que você descreveu, nossa, é igualzinha à mulher que morreu aqui.

– Morreu uma mulher aqui, quando? Me conta essa história direito.

E Meirinha iniciou a história, desta vez, um pouco assustada, pois jamais tinha ouvido falar de alguém que, de fato, tivesse visto a moça. Havia relatos de ruídos estranhos, mas aparições, para valer, nunca.

Augusto também ficou impressionado com a história que foi descobrindo. A filha do dono do engenho se apaixonou por um escravo, o que foi recíproco. As maledicências percorreram a região, mas o coronel não queria acreditar. Nunca que sua filha iria cometer um ato tão grave como aquele. Porém, para seu espanto e por descuido dos jovens, eles tiveram um rápido encontro diante do casarão. O coronel, de sua janela, presenciou o fato e não pensou duas vezes. Pegou sua garrucha e decidiu matar o escravo dali mesmo. Escancarou a janela e o barulho fez com que os namorados percebessem o que estava para ocorrer. O homem gritou, mirou no escravo e atirou. Porém, sua filha, para proteger o amado, se colocou diante dele e recebeu a bala no peito. Morreu na hora.

– Nossa, que tragédia - falou Augusto.

– E aconteceu algo pior ainda - continuou Meirinha. – O coronel se sentiu tão culpado e com tanto ódio que queria se vingar de qualquer maneira. Mandou capturar o escravo, que a própria filha tinha salvado, e ordenou que o enterrassem vivo e de ponta-cabeça.

Augusto ficou sem palavras. Então ele compreendeu a razão de, diante do casarão, existir a estátua de um escravo, segurando uma corrente partida e em pose altiva olhando para o céu.

– Coitado dele - disse o rapaz observando a estátua.

Meirinha também olhou para aquele pequeno monumento que tantas vezes admirara. Achava que ele deveria ter sido muito amado, para que uma pessoa desse a vida por ele. O fato de tamanho sacrifício ter sido em vão deveria ser o motivo pelo qual o fantasma da moça ainda vivia no Solar.

– Mas por que será que ela queria que eu fechasse o baú? - perguntou Augusto.

– Porque era ali que o coronel guardava a arma dele. Acho que ela pensa que, se estivesse fechado, ele não teria conseguido encontrá-la para dar o tiro. Depois do que aconteceu, a arma sumiu. Dizem que ela está amaldiçoada e, se alguém tocar nela, também leva um tiro no coração – ela olhou mais uma vez para a estátua, depois para o primo e teve uma sensação muito ruim. – Nossa, não é possível, isto é demais.

– O que foi agora? - perguntou Augusto.

– Primo, você e a estátua são muito parecidos. - disse Meirinha. – Você tem o mesmo tamanho e o cabelo é igual, parece que cortaram juntos. Os dois são bem magrinhos...

– Olha, acho que me lembra um pouco, sim – riu Augusto.

– Então foi por isso que ela apareceu para você. Ela está pensando que você é ele.

Augusto se sentiu incomodado. Não queria levar aquela história a sério, mas a prima estava tão tensa, que ele não sabia o que pensar.

– Vamos embora - disse ela. – Quero sair daqui agora mesmo e, desta vez, é para valer. Nunca mais ponho os pés neste lugar.

Foram para casa, e Meirinha não parava de se desculpar com o primo. Sentia-se culpada por tê-lo levado até lá. Quando chegaram, pediram para que uma benzedeira abençoasse Augusto, que começou a achar que tudo aquilo era realmente um exagero.

Quem garante que não tinha sido uma atriz, ou outra pessoa da região a fim de fazer alguma brincadeira? Todos já deveriam saber da fixação de Meirinha naquela história e poderiam ter tentado aprontar uma com ela. Quando viram que foi Augusto quem entrou na sala, no lugar da prima, resolveram sumir com tudo para aumentar o clima de assombração. O rapaz, então, decidiu que voltaria lá para tirar aquela história a limpo.

No dia seguinte, todos tinham algum compromisso e Augusto teria algumas horas livres. Os parentes até ficaram incomodados com o fato de não lhe poderem dar atenção, mas garantiram que o levariam para algumas praias bem bonitas quando chegasse o fim de semana. Ele disse que não tinha problema e que iria andar à toa pela cidade.

Assim que se viu sozinho, voltou ao Solar. Havia poucas pessoas, e ele caminhou direto para a mesma sala onde tinha acontecido o evento do dia anterior.

Quando entrou, as coisas estavam exatamente do jeito que ele tinha visto pela primeira vez. Uma cadeira e um baú entreaberto. Dois turistas observavam o cômodo, e ele ficou esperando que ambos saíssem para ver se acontecia algo diferente. No momento em que se viu sozinho, ficou na expectativa de que, novamente, surgisse a tal garota, mas nada mudou.

"Então era isso", pensou ele. "Foi mesmo uma brincadeira."

Decidiu sair da sala e, assim que o fez, sentiu um vento suave, e uma voz o chamou. Ele achou estranho, pois o som veio exatamente daquela sala que ele havia acabado de deixar. Retornou e, para sua surpresa, a moça estava parada no meio da sala.

Sentiu um arrepio, pois, daquela vez, Meirinha não estava ali para ser o motivo do susto. Observou a moça com calma, e realmente havia algo de estranho nela.

– Que bom que você voltou. Senti saudades - disse ela.

– De mim? - respondeu ele, inquieto.

– Por favor - pediu a moça. – Feche o baú, tenho medo que meu pai apareça.

O rapaz tentou fazer mais algumas perguntas para a garota, mas ela estava tão aflita com o baú aberto que ele foi fechá-lo novamente. Desta vez, prestou mais atenção no que fazia. Não abaixou simplesmente a tampa, observou se não havia qualquer mola, ou alavanca que o abrisse novamente. Queria ter certeza absoluta de que fizera tudo certo e que não seria vítima de mais alguma brincadeira. Enquanto passava a mão ao longo das bordas do baú percebeu que, no fundo dele, havia alguma coisa brilhando. Esticou o braço e sua mão tocou em algo frio, de metal: uma garrucha.

Os demais turistas passeavam tranquilos pelo Solar, alheios a qualquer coisa estranha que estivesse acontecendo. No entanto, de repente, um som alto e abafado ecoou por todo o lugar: um tiro. As pessoas saíram às pressas do local, gritando. Funcionários se agitaram para descobrir o que tinha acontecido e, imediatamente, chamaram a polícia.

Na casa de Meirinha, as pessoas chegavam das atividades do dia e estranharam que Augusto ainda não tivesse retornado.

– Cadê seu primo, Meirinha? Será que ele conseguiu se perder nesta cidade tão pequena? - riu a mãe da garota.

Porém, o tempo passava e nada de Augusto chegar. A família começou a ficar preocupada. A sensação de que alguma coisa muito ruim tinha acontecido aumentou quando, no início da noite, um carro de polícia parou diante da casa. A mãe de Meirinha foi saber o que era e explodiu em lágrimas. A garota foi acudi-la e mal podia acreditar no que lhe era relatado. Sua mãe não conseguia dizer coisa com coisa, mas o policial logo interferiu.

– Uma coisa muito triste. Um rapaz morreu hoje lá no Solar do Ferreiro.

– Como? - perguntou Meirinha.

– Nos documentos que achamos com ele, o nome era Augusto Torres da Silveira - Meirinha tremeu, era aquele o nome de seu primo. – A gente não sabe ainda o que aconteceu, mas ele recebeu um tiro, não localizamos a arma e...

Foi a vez de a garota passar muito mal. Lembrou-se de toda a história, do baú, da semelhança do primo com o escravo morto, do fantasma e da garrucha que acertaria um tiro no coração de quem tocasse nela. Meirinha se sentiu imensamente culpada. Se não tivesse levado o primo até aquele Solar amaldiçoado nada disso teria acontecido.

Os dias seguintes foram muito tristes, a arma do crime nunca foi encontrada e o Solar ficou fechado por muito tempo. Quando o reabriram, acharam que um novo fantasma iria assombrar o lugar, mas, para espanto de todos, nunca mais se notou qualquer barulho estranho por ali e as pessoas passaram a acreditar que, finalmente, a filha do coronel tinha se unido ao seu amado.

Região
Centro-Oeste

O Arranca-Língua

Juarez, um coveiro da pequena Pirenópolis, em Goiás, sempre se sentiu feliz por não ter os mesmos problemas de alguns colegas de trabalho de outras cidades: os ladrões de túmulos. Em algumas ocasiões, os defuntos eram enterrados com suas joias favoritas. Várias vezes ele viu corpos ornamentados com brincos, colares e até outros objetos que tiveram muito significado na vida daquelas pessoas. Cientes disso, os bandidos costumam invadir cemitérios, principalmente à noite, depredar estátuas, portas de ferro, destruir caixões e roubar o que fosse possível.

Tomar dos mortos, para Juarez, era um grande erro e poderia até atrair uma maldição qualquer. Ele já ouvira que os crânios eram partes preferenciais, pois costumavam ser vendidos como objetos de decoração ou, simplesmente, para estudos.

Ali, em seu cemitério, nunca ocorrera algo semelhante. Tinha o hábito de fazer ronda pelos túmulos e até conversava com os "moradores" mais antigos. Aos que estavam esquecidos e abandonados, ele tratava de plantar uma flor ou fazer uma prece.

Era um serviço tranquilo, e ele nunca esperava mudanças em sua rotina, nem mesmo quando se aproximava a Cavalhada, a principal festa da cidade que teria início dentro de uma semana. Preparava-se uma simulação da luta entre os mouros e cristãos, e os cavaleiros caprichavam em suas montarias. Os animais eram enfeitados e as coreografias das batalhas, muito admiradas pelo público que prestigiava aquelas festividades.

Outro dia terminava, e Juarez se preparava para retornar para sua casa, quando teve a impressão de ouvir algo se quebrando. Achou estranho, pois não havia então nenhum vento forte ou chuva que pudesse danificar as sepulturas. Imaginou que alguma árvore tivesse caído e que, afinal de contas, seria função a ser resolvida no dia seguinte.

Porém, o estrondo se intensificou, era um ruído de metal, como se estivesse sendo retorcido. Curioso, Juarez decidiu ir verificar, quando, de repente, quase foi atingido por um objeto que cortou o ar. Olhou para o chão e reconheceu a portinhola de um túmulo. Ficou impressionado, sem saber o que pensar, pois aquilo era chumbado no concreto, sendo quase impossível retirá-la sem provocar uma grande destruição. Logo reconheceu que se tratava de objeto do túmulo de Osmar Gonçalves da Silva, que fora enterrado havia cerca de três anos e fora um rei da Cavalhada. Aquela sepultura era ligeiramente afastada, o que impressionou ainda mais o coveiro, pois ele se perguntava que força seria capaz de retorcer e atirar tão longe a velha portinha de ferro.

Prosseguiu pelo caminho, desconfiado. Seriam ladrões de túmulos? Não se lembrava de o defunto ter sido enterrado com algo de valor, embora tivesse sido muito rico em vida. Possuía grandes fazendas de gado e vários cavalos. Assim, tentando imaginar o que poderia ser o causador daqueles fatos surpreendentes, se aproximou do túmulo:

– Mas o que é isso? Valha-me! - exclamou ele.

Foi horrível, Juarez perdeu a fala e quase a respiração. A abertura do túmulo estava destruída e, para fora dele, havia algo peludo, gigantesco que se movia ferozmente como se estivesse puxando alguma coisa.

O som da voz de Juarez despertou a atenção do que quer que fosse aquilo. O monstro saiu da tumba e olhou diretamente para o coveiro. Era enorme, todo peludo e, para o assombro de Juarez, segurava o esqueleto do morto em uma das mãos. Em seguida, deu um urro ensurdecedor e partiu em direção ao muro do cemitério.

Juarez sentiu-se atordoado, não sabia o que fazer, estava paralisado de medo mas acompanhou com o olhar aquele ser correndo e, de um único pulo, saltar o elevado muro. Ainda ouviu passos velozes se afastando e, quando o silêncio se refez, trêmulo pelo choque, desmaiou.

– Acorda, homem! Acorda - gritava uma voz.

Quando o coveiro abriu os olhos, já era dia. Sua primeira sensação foi a de que tinha acontecido alguma coisa estranha, mas não se lembrava exatamente o quê.

– Você bebeu de novo?

Ele reconheceu a voz como a do administrador do cemitério. Infelizmente, o coveiro era dado à bebida e já tinha sido encontrado desmaiado no local em outras oportunidades. Como não era fácil substituí-lo, toleravam suas bebedeiras, mas o chefe, ao observar todo aquele desastre, achou que ele tinha ido longe demais.

– Ontem... aqui... não...

– Você não está falando coisa com coisa - reclamou o administrador. – O que foi que aconteceu por aqui?

Juarez se colocou de pé e, à luz do dia, as coisas pareciam ainda piores. A entrada do túmulo tinha sido totalmente destruída. A pesada tampa de concreto que o protegia fora deslocada e pendia para dentro do buraco. A porta, como ele já sabia, estava bem longe dali.

– Não, não bebi, juro que não botei uma gota de álcool na minha boca ontem... Mas vi a coisa mais horrível da minha vida inteira.

– Esse estrago é muito grande - reclamou o outro homem calculando o prejuízo. – Você vai ter que ter uma boa explicação.

Impressionado, Juarez constatou que não tinha sido um pesadelo. Quem é que iria acreditar naquilo? Em segundos, reconstruiu tudo em sua cabeça: a porta voando, o monstro dentro do buraco, o grito, a fuga pelo muro onde, talvez, existisse algum vestígio do ocorrido. De fato, ele descobriu algo ainda mais impactante: ossos espalhados pelo chão. Reconheceu um fêmur, ainda envolto em pedaços de uma calça rasgada, certamente da roupa com que o morto fora enterrado. Ele se aproximou para pegar aquele resto humano quando, na faixa de terra que circundava o muro avistou algo que o deixou sem palavras.

– Corre aqui - gritou ele para o administrador.

O homem se aproximou e, para seu espanto, havia uma pegada impressa na terra. Era diferente de tudo o que ele conhecia. Claramente era uma pisada profunda, feita por um animal muito grande. Não se parecia com a de cavalo, cachorro, nada disso. A marca dava quase três palmos.

– Foi isso - falou Juarez. – Essa é a prova. Ontem, um monstro entrou aqui e roubou os ossos do rei Osmar.

A novidade correu pela cidade rapidamente. Ninguém queria crer naquilo, pois todos julgavam que era culpa dos distúrbios do coveiro.

– Estranho - falou seu Zeca, o dono do bar. – Ontem nem teve lua cheia, não foi sexta-feira, nada disso. Caso contrário, eu até acreditava que tinha sido noite de assombração.

Quem mais ficou preocupado com aquilo foi a família do morto, que não se conformava com a violação. De qualquer forma, essa notícia em breve esmoreceu, pois outros fatos estranhos também aconteceram na noite anterior: para piorar, na fazenda que tinha pertencido ao rei Osmar. Três vacas e um cavalo apareceram mortos. De início, consideraram que teria sido alguma doença, mas, quando foram examinar de perto, todos os animais estavam sem a língua, somente isso. A boca estava empapada de sangue e a terra ao redor dos corpos bastante revirada, sinal de que eles teriam se debatido em grande sofrimento.

– Valei-me, isso é coisa do Arranca-língua!

Quem disse isso foi uma velha beata da cidade, filha de um antigo fazendeiro que foi à falência quando todo o seu gado começou a morrer misteriosamente: os animais perdiam a língua. Ele e vários homens fizeram tocaia por seguidas noites, mas nunca conseguiram pegar o culpado por aquilo. Certamente deveria ser um monstro enorme, pois as pegadas atingiam 48 centímetros.

A beata foi ao cemitério e, ao ver a pegada, comprovou: o Arranca-língua tinha voltado.

– Ele veio buscar a caveira do rei Osmar, coitado. Ele me disse que tinha visto o Arranca-língua puxando a língua de um boi. Contou que o monstro olhou bem dentro dos olhos dele. O pobre homem foi amaldiçoado ali mesmo. É isso que acontece com quem vê o bicho em ação. Depois que morre, ele vem buscar os ossos, espalha no campo e, daí, nasce outro Arranca-língua.

Então, diante da palavra da velha senhora, as pessoas se apavoraram. Ninguém mais saía de casa à noite e, quem tinha algum animal bovino ou equino, tratava de deixá-los presos e amarrados.

Mas nada adiantou, nos dias seguintes, os relatos de animais encontrados sem a língua se multiplicaram pela cidade. Juarez foi ouvido por várias e várias ocasiões, todos queriam detalhes do que ele tinha presenciado de fato.

Não houve reza, pedido ou vigilância que impedisse os ataques.

Ainda assim, havia quem achasse tudo bobagem, crendice do povo. Roberto Tião era um desses. Ele já tinha ouvido falar que a febre aftosa era uma doença que atacava o gado e que, se não fosse tratada, incomodava tanto o animal que ele mesmo acabava cortando a própria língua. Nenhum animal de seu pequeno sítio havia sido atacado e, como estavam todos vacinados, considerava que não lhes aconteceria nada de mau.

Seu principal interesse era fazer uma bela apresentação na Cavalhada. Seria a sua primeira participação e ele passava boa parte do dia fazendo treinamentos com seu belo cavalo negro, que era tratado como membro da família. Tinha uma baia especial, alimentação balanceada, banhos, cascos limpos e muita escovação, tudo para ficar digno do evento. Os ensaios para a Cavalhada já estavam acontecendo. Às 4:00 da manhã, uma banda saía pela cidade avisando os moradores e os cavaleiros que eles iriam começar. Roberto passou a dormir ainda mais cedo do que de costume, para que estivesse pronto para madrugar.

Como nos últimos dias, ele foi para a cama e esperou o sono chegar. Os ruídos da noite eram sempre os mesmos. Algum pássaro noturno piava e insetos faziam sua cantoria. Mas, naquela noite, sons fora do comum chegaram ao silêncio do quarto de Roberto. Os animais estranhamente se moviam no estábulo. Ele achou esquisito e se levantou da cama. Sua sensação de perigo aumentou quando ouviu os animais mugindo ou relinchando.

"Trovão", pensou ele, lembrando-se de seu precioso cavalo.

Correu para o estábulo e abriu o portão. Vários animais escaparam correndo. As portas das baias estavam arrombadas e caídas no solo. Seu primeiro pensamento foi o de que teria muito trabalho para recolher os bichos àquela hora. Só então que reparou num rastro vermelho: sangue. Após segui-lo, levou um susto: dois bezerros jaziam um ao lado do outro com a boca empapada. Ele se aproximou e viu que os animais ainda se esforçavam para respirar, mas, estavam sem a língua.

Roberto correu até a baia especial em que mantinha Trovão e sentiu grande alívio ao constatar que ele estava intocado, mas bastante agitado. O rapaz abriu a porta com cuidado, tentando acalmar o animal e decidiu montá-lo para recuperar as rezes fujonas.

Ao chegar na estrada pouco iluminada, notou que tudo estava realmente agitado. Não encontrou seu gado, mas havia outros pela estrada, perdidos, correndo.

– Mas o que é que está acontecendo?

Não teve tempo de terminar a frase quando Trovão disparou. Roberto não conseguia controlá-lo. Algo estava realmente o apavorando. Foi então que o rapaz percebeu um som diferente, de passos rápidos e pesados. O chão tremia. De vez em quando se ouvia o berro de uma vaca, como se estivesse em desespero.

Roberto sentiu medo. Começou a juntar as peças na cabeça e, por mais maluco que parecesse, ele considerou que tudo aquilo poderia ser um ataque do Arranca-língua.

Os passos atrás dele retornaram e estavam cada vez mais próximos. Roberto tratou de acelerar a corrida, mas, de repente, sentiu um baque e só deu por si quando se viu estatelado no chão. Seu cavalo não se movia, alguma coisa o segurava. Roberto forçou a vista e viu um monstro peludo que, de pé, ficava muito maior do que qualquer pessoa que ele já tivesse visto. Segurava Trovão pelo pescoço, que se mostrava totalmente impotente. Para seu horror, o homem viu quando o monstro praticamente beijou o cavalo e, de um tranco, arrancou a língua do pobre animal.

O Arranca-língua encarou firmemente Roberto, que sentiu um calafrio. O cavalo foi atirado longe e começou a se debater. O monstro, segurando a língua sangrenta entre os dentes, tratou de sumir pela noite.

Roberto, sob estado de choque, se aproximou do Trovão e tentou acalmá-lo, mas foi inútil. O animal morreu de uma longa e sofrida hemorragia.

O que se sabe é que, no dia seguinte, a Cavalhada foi cancelada, pois grande parte da montaria morreu. Dali em diante, não ocorreram novos ataques, mas ninguém conseguia explicar o que tinha sucedido naqueles dias.

Fosse como fosse, o coveiro não ficava no cemitério até mais tarde sob nenhuma hipótese e, Roberto, desde então, foi se afastando das pessoas, ficando cada vez mais sozinho. Algumas pessoas diziam que ele enlouquecera porque tinha visto o Arranca-língua em ação. A beata, por via das dúvidas, simplesmente se afastava quando o via, olhando o pobre rapaz com muita pena, sempre.

Região
Sudeste

A Moça e seu Anel de Brilhantes

Ninguém gostava de contar aquela história, mas diziam que sobre uma pequena e velha ponte aparecia, de vez em quando, uma moça muito jovem que fazia um estranho pedido:

"Por favor, você poderia tirar do meu dedo este anel?"

Nunca se soube de alguém que tivesse tido a coragem de atender àquela solicitação e, por causa disso, a moça seguia aparecendo nas noites de São Luiz do Paraitinga, no interior do estado de São Paulo.

– Se fosse um anel bonito, bem que eu tirava - riu Rafaela, quando escutou essa história ao chegar para visitar a simpática cidade.

– Não brinca com essas coisas, menina - avisou a senhora que a hospedava na pequena pousada que gerenciava. – Deve ser algum tipo de assombração. Desde menina ouço a história dela. Se fosse coisa boa, alguém já tinha atendido o pedido dela.

– E por que ninguém fez isso ainda?

– Não sei. Medo, talvez! - respondeu a senhora enquanto abria as janelas do quarto em que a jovem iria ficar nos próximos dias.

– Mas, o que é que poderia acontecer? É só um anel.

– Olha, a gente escuta muitas histórias, de muita assombração. Eu prefiro não mexer com essas coisas.

Rafaela, ainda achando engraçado aquele caso, se aproximou da janela e ficou feliz com a vista que tinha. Havia alguns sobrados como aquele em que ela estava hospedada e também diversas casas térreas, todas coladas umas às outras. As casinhas possuíam, basicamente, uma fachada reta com uma porta e uma janela. O que mais chamava a atenção eram as cores: rosa, azul, amarela.

O Carnaval se aproximava e a pequena cidade oferecia uma das festas mais animadas do Brasil. Rafaela estava de férias do trabalho e conseguira chegar dois dias antes dos amigos da faculdade, que logo viriam para dividir o quarto e para aproveitar os dias de alegria.

Depois de apreciar a vista, Rafaela abriu a malinha que trouxe e espalhou algumas roupas pelos cabides. O armário cheirava levemente a mofo e ela resolveu deixar a porta aberta para que o odor não impregnasse suas roupas. Não era muita coisa, mas havia uma combinação diferente para cada dia de folia: havaiana, colombina, jogadora de futebol... ela iria decidir o que vestiria de acordo com o clima dos blocos que visse na rua.

Feito isso, deixou o quarto, desceu a desgastada escada de madeira e logo se encontrou na rua. Ficou feliz por ter chegado antes, pois ainda poderia curtir a cidade, tirar umas fotos, fazer alguns *posts* e, assim, deixar os amigos ansiosos e, claro, com inveja.

Diante da igreja, destaque na praça central da cidade, ela fez selfies no simpático coreto. Admirou os enfeites nas ruas, conversou com algumas pessoas, tomou um café com um pedaço de bolo em uma simpática mercearia que ficava em um casarão centenário e decidiu se perder pelas ruas, andando sem compromisso e sentindo a expectativa da festa que estava chegando. A cidade parecia vibrar, e ela estava contente.

Assim, distraída, acabou se aproximando de uma estreita ponte que permitia que se cruzasse um rio que circundava a cidade. Ela se mostrava escorregadia em alguns pontos, em razão de respingos de água, mas nada tão grave que fizesse alguém cair dentro do rio.

"Que bonita", pensou Rafaela parando sobre ela para observar as águas correndo por baixo, seguindo seu curso tranquilamente. Então, de repente, sentiu algo estranho, como se alguém tivesse tocado em seus cabelos. Se virou para ver se havia alguém atrás dela, mas não, estava sozinha. Achou esquisito.

Tirou mais algumas fotos e, ao checar as redes sociais, estranhou que ninguém as tivesse curtido, compartilhado ou se manifestado de qualquer maneira sobre elas. Considerou que seu sinal estivesse fraco e que, por isso, as fotos não tinham sido publicadas.

"Vou voltar para a pousada, lá eu pego um sinal melhor, Wi-Fi, qualquer coisa", e retornou rapidamente, aproveitando o resto de luz do dia que começava a ceder. Subiu novamente os degraus, entrou no seu quarto e, subitamente, sentiu sono. Resolveu se deitar um pouco para descansar e acabou dormindo profundamente.

Teve sonhos estranhos, como se alguém a ficasse chamando, pedindo coisas esquisitas, fazendo promessas. Seu corpo tremia o tempo todo, leves espasmos e arrepios não deixaram que dormisse tranquilamente.

Então, incomodada com tudo aquilo, finalmente o som que vinha das ruas a despertou. Ao abrir os olhos, percebeu que já era noite. Levantou-se, olhou pela janela e viu que bloquinhos de carnaval animavam as ruas, e podia ouvir o som que provinha da praça.

Lavou o rosto, penteou os cabelos, vestiu uma blusinha florida e, ao tentar pegar o celular, notou que a bateria estava descarregada. Resolveu deixá-lo ali mesmo, no quarto, e desceu para se divertir um pouco.

Não demorou a encontrar um pequeno bloquinho que tocava antigas marchinhas de carnaval. Muitos jovens como ela dançavam, cantavam e se divertiam bastante. Ela sentia falta dos amigos, mas, de qualquer forma, alguém sempre estava disposto a conversar, a fazer amizade. De repente, uma pessoa tocou em seu ombro e disse:

– Seu zíper abriu!

Rafaela instintivamente esticou os braços por detrás da cabeça como que procurando o zíper para puxar, mas a mesma pessoa prosseguiu.

– Eu fecho para você.

Ao sentir que o fecho travou próximo de sua nuca, ela se virou para agradecer e viu uma moça sorridente que lhe acenou indicando que não havia feito nada de mais.

Rafaela voltou a dançar e, aos poucos, foi reconhecendo os casarões que vira durante o dia. As cores das paredes pareciam mudar, ficar mais suaves diante da iluminação noturna artificial. Tão bonitas como quando de dia, apenas diferentes. E de tanto andar pelas ruas, acabou se aproximando novamente do riozinho. Havia poucas pessoas por ali: as que passavam se dirigiam para a pracinha central, local mais agitado da cidade.

Ao ouvir o som do riacho, Rafaela se aproximou da pequena ponte e parou sobre ela. Era uma noite quente e, em razão da água que corria e de uma leve brisa que surgira, ali parecia ser um lugar mais fresco.

– Bonito aqui, não é?

Rafaela pressentiu que já ouvira aquela voz antes e se virou para ver quem era.

– Oi - disse ela. – Será que meu zíper abriu de novo?

– Não - riu a moça. – Fechei direitinho da outra vez.

– Nem te agradeci, obrigada.

– Ah, não foi nada - respondeu a moça. – Eu vi que estava aberto. Quando a gente está sozinha é bom ter alguém para nos ajudar.

Rafaela estranhou aquele comentário, pois ela não tinha dado nenhuma informação a seu respeito até aquele momento.

– Ah, meus amigos ainda vão chegar, amanhã já estarão aqui - respondeu ela, tentando tornar sua situação na cidade pouco interessante. – E você, também está esperando seus amigos?

– Não, sou daqui mesmo, mas não tenho muitos amigos para ser bem sincera.

Rafaela observou com mais calma a moça. Elas pareciam ter a mesma idade e altura. A moça usava um delicado vestido branco, que ficava solto em seu corpo. Somente um xale envolvia seu pescoço, e os cabelos, longos, escorriam por suas costas.

– Estranho, aqui tem tanta gente - falou Rafaela. – Deve ser fácil fazer amigos.

– Mais ou menos, aqui só tem muita gente nesses dias de festas, no resto do ano, a cidade fica bem paradinha. Aqui todo mundo se conhece e... - ela fez um pouco de silêncio e ergueu a mão para passar pelos cabelos. Foi então que Rafaela viu, no dedo indicador de sua mão esquerda, um belo anel de brilhantes.

Havia nele uma pedra azul que parecia refletir toda a pouca luz existente ao redor.

– Que anel bonito - falou Rafaela, por impulso.

A moça pareceu satisfeita com o comentário e disse:

– Ah, eu adoro ele, quase nem tiro, dá muito trabalho. Veja, está bem apertado - dizendo isso, a moça estendeu a mão para Rafaela, exibindo o anel.

Ao tocar na mão da moça, Rafaela estranhou que estivesse tão fria, mas se deteve no anel, que parecia hipnotizá-la.

– E você comprou? Ganhou?

A moça sorriu e comentou:

– Sim, foi um presente. Aqui havia uma fábrica de roupas e eu ganhei este anel no dia em que consegui um emprego nela. Foi uma moça que me deu, aqui mesmo onde estamos. Quando eu o coloquei no dedo, senti que não deveria tirá-lo nunca mais.

– Nunca mais é muito tempo - riu Rafaela. – Eu gosto de mudar as coisas que eu uso.

– Eu também - riu a moça. – Acho que ele ficaria lindo em você. Quer experimentar?

Rafaela olhou para aquele anel e realmente ficou curiosa por saber como ele ficaria nela.

– Quero!

– Ah, que legal - a moça fez menção de tirá-lo, mas, subitamente, interrompeu o movimento e pediu:

– Por favor, você poderia tirar do meu dedo este anel?

Rafaela achou curiosa a forma como ela falou, soou antiquada, mas não teve qualquer hesitação. Lembrou-se do momento em que a garota havia sido tão gentil ao lhe fechar o zíper, e resolveu retribuir o favor. Segurou na mão da garota, que agora lhe pareceu ainda mais fria, pegou o anel e sentiu que ele não estava preso de forma alguma. Assim, deslizou suavemente pelo dedo da garota. Por um rápido instante, lhe veio à mente a conversa que tivera com a senhora na pousada e, surpresa, se viu diante de uma situação improvável. Não podia ser verdade: aquela moça não podia ser uma assombração, ela parecia tão real... era impossível que...

– Eu não vou tirar seu anel! - exclamou Rafaela, de súbito.

O rosto da moça se modificou rapidamente, não apresentava mais o mesmo semblante gentil. Ela olhou no fundo dos olhos de Rafaela que, ao tentar soltar a mão da garota, deu um passo em falso no piso escorregadio e o anel, que já estava quase para fora do dedo da moça, acabou saindo completamente indo parar no meio da mão de Rafaela.

Em seguida, a moça ergueu as mãos para o alto e se certificou de que não possuía mais o anel. Começou a rir descontroladamente. Rafaela, num impulso, tentou lhe devolver a joia, mas, embora a moça estivesse diante dela, ela não conseguia mais tocá-la.

– O que está acontecendo? - assustou-se Rafaela.

A moça a ignorou. Finalmente parou de rir, olhou para o riacho e, sem pensar duas vezes, se atirou nele. Rafaela gritou, mas não pôde fazer nada, apenas viu que os cabelos dela iam sumindo sob a superfície da água. Impotente e ainda com o anel na mão, decidiu atirá-lo na água para que fosse ao encontro de sua legítima dona. Abriu a mão, olhou o anel pela última vez e o atirou no rio. Sentiu-se aliviada, mas, de repente, percebeu que alguma coisa estava errada. Pareceu-lhe que estava flutuando, que seus pés não tocavam mais a ponte. Estava atordoada, tentou gritar, mas a voz não saía.

– Por favor, me ajudem! - disse ela, ao ver que um casal, abraçado, atravessava a pequena ponte. Os dois passaram por ela, contudo, como se ela não existisse.

Rafaela entrou em pânico. Saiu andando pelas ruas, tentando falar com as pessoas, entrando em todas as portas que encontrava abertas, mas simplesmente ninguém respondia, sequer a notavam. Prosseguiu vagando por toda a noite e, no primeiro raio de sol, sentiu uma dor intensa. Sem ter ideia do que estava acontecendo, percebeu que desaparecia ao mesmo tempo em que o dia começava a nascer.

Então, por fim, Rafaela sumiu completamente.

Nas primeiras horas da manhã, os amigos dela chegaram à pousada e esperavam encontrar a amiga ainda dormindo. Queriam fazer uma surpresa por ter conseguido chegar mais cedo. Ao entrar na pousada, perguntaram por ela e ficaram preocupados quando a senhora lhes informou que ela não tinha dormido ali na noite anterior e que apenas a tinha visto sair para dançar com os bloquinhos, mas não a vira retornar. Era comum que aquilo acontecesse na cidade durante o Carnaval. As pessoas poderiam querer assistir ao nascer do sol, algo do tipo.

Os amigos estranharam. Rafaela não era de sair sozinha, dormir afastada dos amigos, em lugares que desconhecesse. Subiram ao quarto e encontraram o celular dela sobre a cama, descarregado. Aquilo os deixou ainda mais inseguros, pois, agora, não havia como tentar contatá-la.

E passaram o resto do dia tentando localizá-la. Em seguida, veio a primeira semana de busca, depois o primeiro mês, o segundo, o terceiro, tudo resultando em buscas infrutíferas. Rafaela havia desaparecido sem deixar vestígios.

Foi um Carnaval terrível para todos.

Muitos e muitos anos depois, surgiram relatos de que havia uma moça que aparecia em determinados momentos do ano, sobre uma pequena ponte, e que pedia a alguém que tirasse uma foto dela e lhe mostrasse a imagem. Ela afirmava que só o que queria era ver uma foto dela. Porém, por mais que tentassem, a moça nunca aparecia nas fotografias e acabava todas as noites chorando, sozinha, enquanto todas as pessoas evitavam, cada vez mais, aquela ponte mal-assombrada.

Região Sul

O Cervo Dourado do Caverá

— Claro, Luiz, eu namoro com você quando tu me der o Cervo Dourado do Caverá.

Após dizer isso, Solange, a garota mais bonita do colégio, saiu pelo corredor, rindo com suas amigas. Caverá é o nome de uma serra próxima à cidade gaúcha de Rosário do Sul. O avô de Luiz possui uma fazenda na região, frequentada pelo jovem, onde ele, inclusive, aprendeu a andar a cavalo.

Embora já tivesse visto vários cervos pela região, Luiz não se recordava exatamente do que era aquilo que a garota tinha pedido. Certamente ela estava se divertindo às custas dele, mas, mesmo assim, ele resolveu dar uma olhada na internet, para descobrir mais detalhes.

Tratava-se de uma lenda indígena. Um índio de nome Camaco, certa vez, caminhava pelo Pampa e viu o tal cervo pastando. Decidiu que iria pegá-lo para dar de presente para sua amada, Ponain. Ela pediu que ele não fosse, mas Camaco a ignorou e foi assim mesmo, sozinho. O índio encontrou o bicho e, quando tentou boleá-lo, caiu uma forte cerração e ele se perdeu. Acabou sendo arrastado para uma gruta, de onde ninguém jamais havia conseguido voltar.

Além de achar a história triste, Luiz entendeu que, quando Solange lhe pediu que trouxesse um animal lendário, o significado era claro: ela não queria namorar com ele.

Chegado o fim de semana, a família do garoto resolveu ir descansar na fazenda do avô. Ele ficou contente, pois fazia tempo que não cavalgava e estava meio enferrujado. Quando completou dez anos de idade, achou que, finalmente, ganharia uma bicicleta, porém, a surpresa foi maior: recebeu o cavalo Alazão, o melhor presente do mundo.

Mal entraram na fazenda, Luiz correu ao estábulo. O reencontro foi muito alegre.

– Vem que te ajudo a montar - falou Oliveira, o caseiro, ao ver Luiz na baia.

– Que é isso, Oliveira? Não sou mais criança, tchê!

O homem riu enquanto observava o garoto se atrapalhando para subir no cavalo. Para provocar, montou sua égua Lalá e ficou ao lado, rindo. Acabou dando tudo certo e saíram cavalgando pelo Pampa. Oliveira sempre tinha alguma novidade e conhecia bastante a região. Foi então que Luiz pensou que seria uma boa oportunidade para conhecer mais sobre a lenda.

– Oliveira, você já ouviu falar do Cervo Dourado do Caverá?

– Muito - respondeu o homem. – E rezo todo dia para nunca me encontrar com ele.

– Por quê? - perguntou o garoto.

– É um bicho do demônio. Não se deve incomodá-lo. Quem tenta qualquer contato com ele, costuma ter um final terrível. O bicho fica pastando por aí, cercando as almas perdidas. Eu que não quero ir me acabar na Gruta Fatal.

– Gruta Fatal, o que é isso?

– É para onde ele leva quem se aproxima dele. É um perigo. Caiu nela, pode dizer adeus. Nunca ninguém saiu de lá.

– E onde é que ela fica? - quis saber Luiz, curioso, pois essa gruta não surgiu em sua pesquisa na internet.

– Não sei, nunca procurei, mas acho que só o Cervo sabe. Quando ele quer que alguém caia nela, faz baixar uma cerração bem forte, daquelas em que você não vê nem o nariz do cavalo, e daí, é fatal. Por isso que ela tem esse nome.

– Mas você disse que ele fica cercando as almas perdidas, então, a gente não corre nenhum perigo, não é? Nem alma eu sou - riu o garoto.

– Nem sei se ele já conseguiu pegar todas as que tem por aqui.

– Como assim?

– Essa terra já foi encharcada de sangue. Aqui viviam os índios Charrua, um povo inteligente que não tinha medo de nada. Só que os espanhóis acabaram tomando estas terras e massacraram aquele povo. Para você ver como os invasores eram bonzinhos, eles cortavam as cabeças dos bebês. Imagina só o que eles não faziam com os adultos.

As terras pela região eram tão calmas e bonitas, que era difícil imaginar alguém cortando cabeças de crianças por ali, imaginou o garoto.

– Vamos voltar! - disse Oliveira. – Daqui a pouco esfria, você está sem blusa, e eu sei que sua mãe não gosta.

Luiz já tinha matado um pouco da saudade de andar no Alazão e, no retorno, seria possível ver o pôr do sol, que sempre era muito bonito.

Cavalgavam tranquilamente e a fraca luz do sol se refletia ao longe, nas águas do banhado. Era como se muitos cristais estivessem se quebrando na superfície. Luiz se distraía com aquilo, quando, de repente, notou que havia alguma coisa caminhando por lá. Ficou curioso e apoiou a mão na testa para se proteger do sol e examinar melhor o que seria aquilo.

Pareceu-lhe um cervo, mas tinha uma longa galhada, deveria ser bem velho. Porém, havia algo ainda mais estranho. O garoto considerou que se tratava de um reflexo da luz do sol, mas não, era o pelo do animal que brilhava naturalmente. A pelagem parecia ser... dourada.

– Oh Luizinho, onde você está indo?

Ao ouvir a voz de Oliveira chamando-o, Luiz percebeu que tinha se afastado um pouco.

– Corre aqui, Oliveira, vem vê uma coisa!

Quando o garoto se voltou para o banhado, não havia mais nada por lá.

– O que foi, guri?

– Ali, no banhado, juro que vi um negócio estranho, parecia um veado campeiro, mas...

– Acho que não, eles não costumam vir para cá - falou Oliveira.

– Olha, você vai achar que eu estou louco, mas tenho certeza que vi um cervo lá, e era dourado.

– Você ficou muito impressionado com a história que eu te contei. Vamos embora antes que você comece a ver os fantasmas dos índios. Se bem que, para ser sincero, acho que eu mesmo já achei uns por aqui, sim.

– Se você enxerga fantasmas - argumentou o garoto -, então não devia duvidar do cervo que eu vi.

– Não estou duvidando - riu Oliveira. – Mas, agora, pelo menos, ele não está lá, ainda bem. Se estivesse, eu fugia o mais rápido possível.

Luiz considerou que até poderia ter se enganado, mas, como também já havia andado muito por ali, julgou que saberia distinguir uma visão real de uma miragem. Ele tinha visto alguma coisa no banhado, disso tinha certeza.

Achou que seria divertido voltar para a escola e

entregar o Cervo Dourado para Solange. A garota não iria ter mais desculpas para fugir do namoro.

Já na fazenda, aquela visão não saía da cabeça de Luiz. Até sonhou com o cervo. No dia seguinte, levantou cedo, decidido a tirar a prova: voltaria no mesmo horário para ter certeza de que não estava louco.

O dia demorou para passar, mas ele não contou para ninguém o que pretendia fazer. Não queria a família inteira rindo de suas iniciativas. Se fosse lá e não visse nada, só ele ficaria sabendo disso. Porém, se o encontrasse, tiraria algumas fotos para provar sua vitória. Não pretendia fazer qualquer mal ao bicho ou ter grandes contatos com ele. Apenas desejava registrá-lo em imagens e aquilo não deveria lhe causar qualquer problema, imaginou. Se apenas tivesse a sorte de conseguir fotos legais, mostraria para Solange, afinal, ela não tinha dito que era obrigatório levar o animal "pessoalmente". Talvez uma foto bastasse para o início de uma paixão.

Quando começou a entardecer, ele foi montar o Alazão. Oliveira não estava por perto, e o garoto não precisou responder a qualquer pergunta.

Desejou chegar ao banhado em silêncio. Não era muito longe e, em caso de perigo, voltaria rapidamente para casa.

Ele sentia um pouco de medo, afinal, compreendia que não era sempre que alguém se dispunha a sair sozinho pelo campo procurando por um bicho dourado que poderia causar a morte. Mas, como a probabilidade de que estivesse errado era bem maior, conseguiu controlar o temor e prosseguiu no caminho.

O entardecer estava exatamente igual ao do dia anterior. Apenas uma brisa suave abrandava o calor do dia. Luiz aproximou-se com cuidado e ficou à mesma distância que estava quando pensava ter visto o Cervo Dourado no dia anterior. Observou o banhado, mas nada de o bicho aparecer.

Achando que o cavalo também estaria cansado de esperar, Luiz o desmontou para que ele pudesse pastar. Após fazer isso e olhar novamente para o pequeno lago, o garoto viu o que procurava: o Cervo Dourado. Apontou a câmera para ele, usou o *zoom* no máximo que pôde, apertou o botão e, pronto, já tinha a primeira foto, mas que não ficara boa. Era preciso uma maior aproximação. Pé ante pé, o garoto caminhou e, até aquele momento, o bicho pareceu não se incomodar. Luiz tirou fotos e fotos.

Então, acabou pisando em algum galho que, ao se quebrar, fez um grande estalo. O cervo olhou para ele, bem dentro dos olhos de Luiz, e disparou para o horizonte. O garoto ficou triste, pois esperava ter tido a sorte de tirar alguma foto bem de pertinho, mas tinha que se conformar com as que havia obtido.

Agora, era só pegar o Alazão e voltar para casa, pois sentiu que esfriava. Porém, ao se virar, levou um susto. Não viu mais o cavalo e praticamente nada. Uma cerração repentina encobriu tudo.

"Não, não pode ser. Isto não está acontecendo. O Alazão estava atrás de mim até agora, não pode ter ido longe, ele me obedece sempre" – pensou o garoto.

– Alazão! - gritou. – Alazão!

Mas o animal não deu qualquer sinal. Luiz resolveu se acalmar, afinal, era apenas uma cerração, e aquilo acontecia, era natural, em razão da proximidade do banhado e da serra.

De repente, lembrou-se da lenda. Ele se recusava a acreditar, mas tudo estava acontecendo de acordo com ela. Procurou se alegrar, pois não tentara ferir o animal, mas será que tirar uma foto também seria proibido? Tremeu quando se recordou do que Oliveira havia dito: que o animal não gostava sequer de ser incomodado.

Continuou gritando, mas não obteve nenhuma resposta. Estava começando a ficar com medo para valer. Decidiu não sair do lugar, pois não queria correr nenhum risco além daqueles aos quais já poderia estar exposto. Segundo a lenda, o Cervo iria atraí-lo para a Gruta Fatal, e ele não estava com nenhuma intenção de chegar perto dela.

Gritar permanecia sendo uma opção, e ele se utilizou dela com vigor. Ao ouvir um ruído de vozes, animou-se. Deveriam ser seus pais e Oliveira, que vinham procurá-lo.

– Aqui! - gritou. – Estou aqui!

Percebeu que o som se aproximava cada vez

mais e estranhou que ninguém o chamasse pelo nome. Logo notou que não conseguia entender o que era dito, mas eram sons humanos, lamentos, choros, com certeza.

Agora, os ruídos estavam ao seu redor, até o de crianças. Luiz não conseguia ver ninguém, mas percebia vultos se cruzando na neblina. Teve que fugir, correr, para se afastar daquelas vozes. Não podia ficar, pois sentiu um grande mal-estar, como se seus gritos também fizessem parte daqueles gemidos.

Correu o máximo que pôde até perceber que já tinha se afastado bastante.

Foi então que se lembrou do celular. Bastava ligar e pedir ajuda. Tentou, em primeiro lugar, o número da mãe, mas ele sequer tocou. Experimentou o do pai, a mesma coisa: a ligação não se completava. Olhou para o visor e constatou que não havia qualquer sinal. Sabia que estava um pouco afastado, que o aparelho não pegava muito bem, mas já tinha recebido ligações enquanto cavalgava pela região.

Deu alguns passos, olhando para o visor, procurando por algum contato, quando, de repente, escorregou e deslizou para baixo.

– Não! - gritou. Sentiu que tinha caído dentro de algum buraco. Procurou qualquer coisa em que se segurar e acabou deixando o celular cair, que desapareceu na escuridão.

Finamente, o garoto agarrou uma raiz ou algo

semelhante. Procurou se acalmar, mas não era possível, e não conseguia encontrar qualquer apoio para o pé, só lhe restava mesmo se agarrar àquele pedaço salvador de planta.

Olhou para o alto e viu claramente uma passagem circular. Ela estava muito visível, pois, estranhamente, agora era possível ver a luz do sol passando por ela. Luiz tinha realmente caído em algum lugar, numa caverna ou... numa gruta.

Ele não queria pensar nisso, mas estava principiando a acreditar que, de fato, tinha caído na Gruta Fatal.

– A gente veio por aqui ontem - disse uma voz.

– Tem certeza? Eu já falei para esse menino não vir aqui sozinho, é perigoso - comentou uma outra.

Vozes novamente, e, desta vez, Luiz as reconheceu. Eram as de Oliveira e de sua mãe, que procuravam por ele.

– Mãe! Mãe! - gritou o garoto com todas as suas forças. – Oliveira!

Eles não o ouviram. Luiz não entendeu, pois parecia que eles estavam logo acima dele, pisando em chão seguro. Tinham que o ouvir. O garoto tentou recolher as pernas, procurando por um vão, mas não havia jeito, não conseguia apoio algum.

A conversa acima dele prosseguiu.

– Olha só o que eu achei - disse o pai do garoto. – O celular dele.

Luiz não compreendeu. Tinha a certeza de que o aparelho tinha deslizado gruta abaixo.

– Então, ele deve estar por perto - respondeu a mãe dele. – Luiz! Luiz! - gritou ela.

– Mãe! - berrou Luiz com todas as suas forças, mas era inútil, nenhum som escapava daquele buraco.

A raiz começou a ceder e alguma terra, a cair sobre o garoto, como se ele estivesse sendo enterrado vivo. Ele sentiu muita dor e chorou de desespero. Queria voltar, faria qualquer coisa para escapar daquela situação. Não aguentava mais a terra batendo em seu rosto e perdia a consciência. A entrada da gruta também se fechava aos poucos. A raiz então cedeu, e Luiz despencou direto para o fundo da Gruta, onde quer que ele fosse.

Nunca mais se ouviu falar dele, e Alazão acabou voltando sozinho para a fazenda. Os pais entraram em desespero e jamais retornaram àquele lugar. No celular, localizaram apenas algumas fotos comuns do banhado. Nada que indicasse alguma pista sobre o paradeiro do jovem.

Foi muita tristeza.

Na escola, lhe fizeram uma homenagem, e Solange, provavelmente a grande causadora de tudo aquilo, não derramou sequer uma única lágrima.

Biografias

Manuel Filho

Sempre que eu viajo costumo escutar histórias engraçadas, curiosas, outras assustadoras. Quando me lembro de algumas delas, sinto um arrepio e fico contente por estar bem longe do local onde elas ocorreram. Agora, com este livro, tenho a oportunidade de relatar um pouquinho do que escutei pelo Brasil afora. Em cada região de nosso país encontramos costumes, comidas e formas diferentes de falar. O que há de comum é o desejo de passar adiante os relatos ouvidos dos avós, dos povos indígenas e de quem garante que viveu uma aventura surpreendente. Contar histórias faz parte da minha vida e já publiquei cerca de 50 livros. Já trabalhei com muita gente bacana, como o Ziraldo e o Maurício de Sousa. Recebi o prêmio Jabuti em 2008 e faço palestras a respeito de literatura infantil e juvenil no Brasil e no exterior. Se quiser saber mais sobre mim, basta visitar o meu site: www.manuelfilho.com.br

Maurício Mallet

Nasceu em São Paulo, em 1975. É graduado em Artes Visuais pelo SENAC e PUC-Campinas. Além de artista plástico, atua por mais de 20 anos como diretor de arte, designer gráfico e ilustrador. É professor de Artes Plásticas na Escola Panamericana de Artes em São Paulo e Coordenador Acadêmico e Professor da Faculdade Alpha Channel de Tecnologia - FATAC.

Participou de diversas exposições e salões de arte no Brasil e no exterior e desenvolve também projetos editoriais com ilustrações, como: *Vitória das formigas* (Luigi Pirandello), *O advento das fadas* (Conan Doyle), *Contos de fantasmas sem Natal* (Charles Dickens), entre outros, todos publicados pela editora Nova Alexandria.

Para conhecer mais sobre os trabalhos desenvolvidos, acesse: www.mauriciomallet.com

O NAVIO ENCANTADO

e outros contos horripilantes do Brasil

Rio Meruú
Macaíba
Rio Araguaia
São Luiz
de Paraitinga
Caverá

Capa, Projeto Gráfico
e Editoração Eletrônica: MM Art & Design
Ilustrações: Maurício Mallet

Editora Nova Alexandria
www.novaalexandria.com.br

GRASS Indústria Gráfica
Impresso em papel
Capa - TRIPLEX 250g
Miolo - AVENA 80g